太阳赞歌

张万兴 书

歌颂太阳与光伏

李时俊　瞿晓铧　编著／周蓉蓉　插画

太阳赞歌

光伏开拓者的境界

九州出版社　全国百佳图书出版单位　JIUZHOUPRESS

献 给

光伏事业先驱及开拓者

所有从事光伏事业的人

所有支持光伏事业的人

所有热爱太阳的人

《太阳赞歌》丛书总序

通过几代人的努力，特别是近十多年全体光伏人的奋力拼搏，光伏已经成为我国高技术产业的一张靓丽的名片。

我国具有悠久的太阳文化历史，从盘古左目变为太阳，到羲和生十日、大羿射九日、夸父逐日，我国有完整、系统、生动的太阳神话体系与太阳崇拜文化积淀。我国的太阳能产业就是根植于这样的土壤，具有深厚的太阳文化基因。

光伏人是一个特殊的产业群体，他们追逐太阳，与阳光为伴，将太阳赋予人类的大爱虔诚地接受并创造出物质产品服务于社会。光伏人心中充满阳光的激情，这在已经出版的《太阳赞歌：歌颂太阳与光伏诗歌集》有充分的体现，这也是光伏人奉献给我们国家与人民的一种精神产品，我们称之为太阳文化产品。宣传与推广太阳文化与太阳能产品是我们光伏人响应实现"双碳"目标的具体行动，也是我们策划与编撰这套丛书的目的所在。

第一本《太阳赞歌》诗歌集出版仅是一个开始，光伏人的精神在不断升华，需要通过诗歌的形式尽情释放。经过思考与策划，我们提出创作一套七册丛书《太阳赞歌》的倡议，得到了光伏人的积极响应。我们就是用诗词歌赋的形式来歌颂心中的太阳与伟大的光伏事业。这七本《太阳赞歌》诗歌集的副标题与作者背景分别是：

1.《太阳赞歌：光伏开拓者的境界》，是企业创始人对太阳与光伏的感悟与执着；

2.《太阳赞歌：智慧女神的光伏情》，是光伏界女士们对太阳与光伏感情的抒发；

3.《太阳赞歌：海归学者的情怀》，是留学回国人员对太阳与光伏的解读与领悟；

4.《太阳赞歌：光伏人的追求》，是充满激情的光伏人对太阳与光伏的表白与赞美；

5.《太阳赞歌：来自校园的阳光》，是从事光伏的师生对太阳与光伏的赞叹与向往；

6.《太阳赞歌：光伏播种者的使命》，是老一辈光伏人对光伏事业的挚爱与追求；

7.《太阳赞歌：太阳与光伏歌曲汇编》，是光伏人对太阳与光伏歌曲的创作与汇编。

所有诗歌集中的插图都是国画硕士周蓉蓉女士完成的，她的每一幅图都充满对太阳与光伏的热爱与敬意。所有诗词作者对她的绘画作品都很满意并高度赞赏。

我们对于《太阳赞歌》丛书的编著者的精心组织、每位诗词作者的积极参与，特别是九州出版社的大力支持与编辑者的付出，表示衷心的感谢！

万物生长靠太阳！太阳是生命之源、能源之源、希望之源。这个诗歌集系列主旨就是歌颂神圣的太阳、歌颂伟大的光伏事业、歌颂中华民族追逐阳光的夸父精神，也歌颂为社会健康发展做出贡献的人们。

相信光伏人会特别喜欢这套丛书，也希望国内外所有热爱阳光、致力于推进世界绿色健康发展的人们喜欢这套丛书。

是为序。

《太阳赞歌》丛书总策划：沈辉　李梦媛　张万兴

2022 年 11 月 27 日

序

　　光伏，始创于海外，成就于中国，是中国光伏人打造的能源方舟！

　　光伏，历经曲折、千回百转，终归大海，成为脱碳主力能源。

　　我一九八六年毕业于清华大学物理系，一九九五年在加拿大多伦多大学获得半导体材料博士学位，一九九六年进入光伏行业，二零零一年回国创建阿特斯公司。二十四年的光伏征程中我走过了全球四十多个国家和地区，也经历了许多潮起潮落、大浪淘沙。

　　曾经，光伏是诗与远方，光伏人是一路游吟的诗人。

　　现在，光伏已登大雅之堂，光伏人却还有那么多的艰辛、磨难，望不尽万水千山。

呈现给您的这本诗歌集是中国光伏人的挣扎、喜悦、自豪，是新长征路上的跋涉、坚持、憧憬！

试作打油诗一首：

砥砺前行廿卅年，大国崛起成名片。

降低成本规模见，技术进步是关键。

全球双碳做贡献，前赴后继共向前。

光伏虐我千百遍，我待光伏如初恋！

是为序。

瞿晓铧

坐 花 载 月

目录 | Contents

目录 | Contents

（注：作者按姓氏音序排列）

高纪凡，江苏省常州市人，1985年获南京大学化学学士学位，1988年获吉林大学物理化学专业硕士学位。目前任民建中央常委、江苏省第十二届政协常委、中国光伏行业协会名誉理事长、国家能源互联网产业及技术创新联盟副理事长、联合国开发计划署可持续发展顾问委员会创始成员等职务。2018年受江苏省委、省政府授予"为江苏改革开放作出突出贡献的先进个人"称号。2021年荣获光伏领域首个国家技术发明奖二等奖。

1997年，高纪凡受《京都议定书》及美国克林顿政府"百万太阳能屋顶计划"的启发，关注到太阳能发电技术这项清洁绿色能源的市场前景和社会效应，顺势而为创建了天合光能。2010年，天合光能成长为全球太阳能行业的领军企业，并获评达沃斯世界经济论坛太阳能行业首个塑造者，高纪凡本人随之成为世界经济论坛年会的导师。高纪凡积极建言国家领导人，并与各方沟通协调，积极推动中国光伏行业协会于2014年成立，本人当选中国光伏行业协会第一任理事长，并于2017年连任，现在担任名誉理事长。

高纪凡及其创立的天合光能重视履行企业社会责任，为西藏建设40座太阳能发电站，累计为社会公益事业及活动捐款数千万元，并且为海地、非洲等无电地区以及尼泊尔地震灾区捐助太阳能组件。为了支持光伏教育事业，捐资1000万元，成立思源·阳光创业基金，帮助贫困地区大中专学生学习掌握光伏发电技术知识，在新能源产业实现创（就）业，多次获民建中央"脱贫攻坚先进个人"荣誉。

沁园春·光伏大军

晶硅虎踞，世界屋脊，圣火初燃。

瞰大漠戈壁，光伏龙蟠，西阳东照，神州光耀。

双反壁垒，阴瘴雾霾，弹指灰散烟消。

飞九天，看玄鳞银甲，万山翠遍。

生态环境堪危，推绿电波浪冲云霄。

风光水火，锂电氢能，源网荷储，璧合珠联。

劈荆斩棘，于无路处，中华健儿登峰巅。

达双碳，鼓三军锐气，再创新篇。

晶硅虎踞，世界屋脊，圣火初燃。

念奴娇·光伏英豪

北京奥运，初问鼎，中华光伏重任。
世界屋脊，点圣火，照亮千古雪域。
天势所趋，合创辉煌，举起绿电旗。
风云际会，聚集多少英雄豪杰。

国产晶硅出炉，纽交所登陆，锋芒方露。
专注创新，汇天下英才，屡破世界纪录。
锂电储能，能源物联网，剑指双碳。
初心梦想，只为绿水青山。

沁园春·创业

扬子江畔，龙城常州，夜半难眠。

望五洲三洋，工业文明，卤林飞烟。

能源枯竭，生态恶化，后代家园遭污染。

光伏发电，绿色清洁，欲取阳光照黑夜。

怎建阳光电站亿万座，环球皆绿。

北京申奥发愿，亮西藏雪域夜明珠。

幸天势所趋，世界豪杰，纷至沓来，合创伟业。

大漠追日，能源联网，锂电储能创新篇。

再鞭策，为双碳宏图，甘呕心血。

何培林，1995 年毕业于苏州大学法学院经济法专业，法学学士。2014 年毕业于中欧国际工商学院，工商管理硕士。

2006 年加入江西赛维 LDK 太阳能高科技有限公司，历任销售部长、销售总监。

2011 年加入顺风国际清洁能源集团创始上市公司江苏顺风光电科技有限公司，历任副总经理、总经理。

2013 年顺风光电收购无锡尚德后，担任无锡尚德电力有限公司副总裁。

2015 年 12 月加入苏州赛伍应用技术有限公司，任总经理。

2016 年 6 月加入镇江荣德新能源科技有限公司历任执行总裁、副董事长。

2020 年 6 月加入苏州沃特维自动化系统有限公司，任董事长、总经理。

何培林

忆江南·和沈辉老师光伏情

光伏好，

水陆皆浮沉，

四海蓝瓦生金辉，

蓄电新能净双碳，

能不佑世安？

四海蓝瓦生金辉，蓄电新能净双碳，能不佑世安？

李时俊，湖南岳阳人，研究员级高级工程师，湖南大学工商管理学硕士，美国 UMT 大学 / 清华大学博士班在读生。中国电子专用设备工业协会副理事长，中国光伏行业协会理事代表，SEMI 中国光伏标准技术委员会核心委员。曾任职于电子工业部第四十八研究所，先后担任"离子束技术研究室"主任、经营计划处处长、所长助理；后任职于深圳市捷佳伟创新能源装备股份有限公司董事、总经理。现任职于捷佳伟创荣誉董事、战略研究办公室主任。

在科研工作方面，曾多次参加国家军工重点项目，获得过国家科技进步奖三等奖、部级科技进步奖一等奖等奖励。后承担广东省重大科技专项，获得广东省科技进步二等奖。也承担了深圳市重大技术攻关项目，荣获了深圳市科技进步奖一等奖奖励。此外，还获得了中国电子装备产业"重大创新成果奖"、中国产学研合作创新成果奖、中国半导体创新产品奖等奖项。

在市场开拓方面，聚焦于半导体工艺设备在半导体、太阳能、新型显示、电力电子等领域的推广。

在实业化方面，极力推广光伏 PERC 电池装备、TOPCon 电池装备、HJT 电池装备、钙钛矿电池及叠层电池装备等设备的应用。目前重点关注新技术、新材料、新工艺在新能源领域的应用，用科技创新推动行业发展和技术升级。同时正在参与国家重点研发计划项目。

他是一个爱事业、爱生活、爱家人，始终向着"太阳"的人。

李时俊

破阵子·颂阳光普照有光伏

沙漠草原列队，

歇山庑殿成行。

数载春秋言月亮，

一曲长歌唱太阳。

寰球同此光。

南岭挥毫泼墨，

北国指点文章。

东海波澜连矩阵，

西域连绵封大疆。

普天共翠苍。

东海波澜连矩阵，西域连绵封大疆。

七绝·与刘勇总共登衢州烂柯山

千古烂柯在东方，
别有洞天架石梁。
我欲乘风登高处，
一道耕耘守太阳！

2020 年 5 月 19 日，前往浙江衢州拜访一道新
能源掌门人刘勇，共探光伏大事，同讨人生意义，
谈笑间穿天然石梁，登叠嶂山巅，观云飞雾罩，看
松翠石奇。有感而发，即兴而作。

五绝·贺润阳研究院成立

润物宜生长，
阳洒胜春光。
龙腾虎跃处，
忠心大无疆！

2021年2月18日，在盐城参加润阳研究院成立大会，深深地感受到光伏人对太阳的感激和对事业的热爱，当场挥笔。

李振国，男，汉族，无党派人士，1968 年 5 月出生。隆基绿能科技股份有限公司创始人，隆基股份总裁，全国工商联新能源商会常务副会长，中国红十字会"百分之一"基金发起人。

1990 年李振国毕业于兰州大学物理系半导体材料专业，2004 年获得西安交通大学工商管理学硕士学位。2000 年 2 月创建西安新盟电子科技有限公司（隆基绿能科技股份有限公司前身），先后担任西安隆基硅材料股份有限公司董事长、隆基绿能科技股份有限公司总裁。

李振国先生是横向磁场单晶领域知名专家，长期从事单晶硅的生产和研究工作。其研发的多晶碳头料的除碳工艺在业界被广泛应用，获得过国家科技创新基金资助。先后获得 2016 年度"中国能源创新企业家"、2018 年度"福布斯中国上市公司 50 位最佳 CEO"、2019 年度界面"中国上市公司最佳 CEO"等称号。

李振国先生热心公益慈善事业，长期投身于各类社会公益活动，先后参与玉树地震灾后重建、救助先天性心脏病儿童、资助兰州大学等多所院校贫困大学生等项目。

李振国

江城子·写在隆基成立 22 年之际

二十年来逐绿能，

携同学，定单晶。

华夏扎根，四海送光明。

"华山论剑"试锋芒，

寰宇阔，任驰骋。

四海升平共风光，

地利通，天时畅。

把肩同行，笑傲万里疆。

挥斥减碳中和路，

重抖擞，战八荒。

四海升平共风光，地利通，天时畅。

林海峰

林海峰，男，1975年出生于浙江宁海，中国国籍，中共党员。宁波大学EMBA，现为东方日升新能源股份有限公司创始人、董事长、第三届董事会战略管理委员会召集人。历任宁海县日升橡塑厂总经理、宁海县日升电器有限公司总经理。

林海峰先生先后荣获"全国电子信息行业领军企业家""浙江省科学技术奖""宁波市六争攻坚先进个人""宁波市优秀共产党员""宁波市十大杰出青年""品牌宁波（行业）年度人物""年度新锐浙商""宁波市十大慈善之星""常州市明星企业家"等荣誉称号。

2002年12月林海峰先生成立了宁海日升电器有限公司。2009年9月更名为东方日升新能源股份有限公司。2010年在深圳创业板成功上市。林海峰先生始终带领公司承载着"让绿色新能量创造人类新生活"愿景，肩负着"以科技创新持续改善能源格局，提高人类生活品质"使命砥砺前行。

七言·追光

常忆昔年创业时，
誓把光伏事业追。
一路逐梦终未变，
喜看新能富万家。
今岁又逢大盛世，
青山绿水处处浓。
同仁更需智慧聚，
双碳蓝图必定成。

林海峰

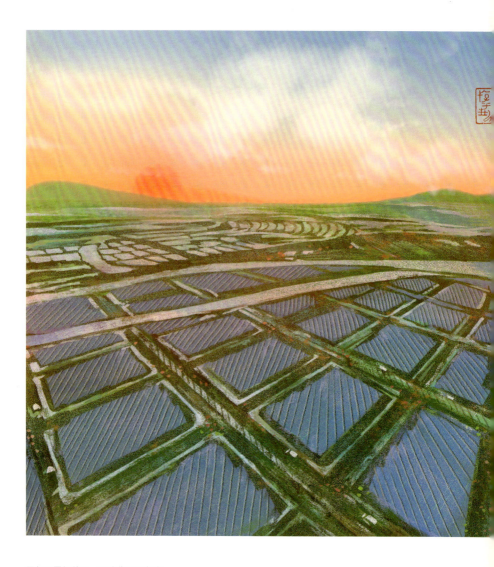

同仁更需智慧聚，双碳蓝图必定成。

林建伟，男，1966年出生，浙江台州人，高级经济师，任中来股份董事长、中国信息产业商会新能源分会副理事长、江苏省光伏产业协会副理事长、上海市太阳能学会副理事长、常熟市十五届人大代表，常熟市政协十二届、十三届委员。

2008年3月，林建伟创立了苏州中来光伏新材股份有限公司，2014年9月，中来股份在深交所创业板成功上市。

林建伟先后主持实施了江苏省高新技术产品7项、国家火炬计划项目2项、科技部科技型中小企业技术创新基金项目2项、江苏省科技成果专项资金项目1项、江苏省科技支撑计划项目1项，获得教育部科学技术奖二等奖、江苏省科学技术奖二等奖、江苏省光伏协会科学技术奖一等奖、苏州市科学技术奖一等奖、常熟市科学技术奖一等奖等。

林建伟

蝶恋花·niwa

煤气油田将作古。

新能盈盈，

放眼极目处。

日月星辰凭约语。

共话光伏无穷路。

愿把芳心都寄与。

阵列粼粼，

为光三生赴。

争得第一煤也妒。

功德尽在 niwa 渡。

注　释： niwa，在藏语中意为"太阳神"，代表太阳与光明。

阵列粼粼，为光三生赴。

刘汉元，男，1964年12月生，四川眉山人，北大光华管理学院EMBA，高级工程师。现任通威集团董事局主席、全国工商联副主席、十一届全国政协常委、全国人大代表、全联新能源商会执行会长、川商总会联席会长等。

在刘汉元先生的带领下，通威集团历经四十年稳健快速发展，已成为全球绿色农业和绿色能源龙头企业，现拥有遍布全国各地及海外地区的300余家分、子公司，员工近5万人。目前，通威已打造了水产饲料、高纯晶硅、高效电池三大全球龙头。

在企业发展壮大过程中，刘汉元先生先后荣获"全球新能源年度风云人物""中国畜牧饲料行业年度经济人物""亚太最具社会责任经济领袖""中国上市公司最佳董事长""中华思源慈善奖""全国优秀企业家""改革开放40年百名杰出民营企业家""全国劳动模范"等重要荣誉。

多年来，刘汉元先生始终以一个成功企业家的高度社会责任感，情系民生，饮水思源，用真情和爱心回馈社会各界的厚爱，积极参与各项社会公益事业、光彩事业和思源工程。

你

有人说，你睥睨众生
居高临下　目空一切
你，默默不语
以涅槃之火燃烧自己
驱走黑暗　温暖大地

有人说，你立身苍穹
不问世事变迁
你，默默不语
平等对待一切生命
让万物众生
感受四季变换　昼夜交替

有人说，你高高在上

刘汉元

不懂人世芳华

你，默默不语

呵出轻声叹息

人间便有了五彩斑斓　春风化雨

还有人说，你是一切的造物主

你，依旧默默不语

只是奉献光和热

四十六亿年

不曾停息

不知从哪一天起

天空失去了光辉

混沌灰暗

让人喘不过气

人们穷尽方法

最后只能求助于你

你，还是默默不语

独自发出耀眼光芒

播撒在光伏阵列上

源源不断给予

光芒幻化成一道道霹雳

纵身跃起

劈开暗黑的浮云

让蓝天白云再现

青山绿水重回大地

你，依然是你

伟大而无私

却始终默默不语

你，还是默默不语 / 独自发出耀眼光芒 / 播撒在光伏阵列上

刘勇，一道新能创始人、董事长。中国科学技术大学材料科学与工程硕士，曾任中芯国际厂长、晶澳CTO、COO等职位，有二十多年半导体、光伏行业产研与管理经验。系国际SEMI委员会核心委员、国际SEMI光伏技术路线图委员会亚洲联合会主席。

一道新能成立之日，正值2018年531新政落地之时。在刘勇先生的带领下，一道新能秉承"协同、创新"理念，逆势前行、锐意进取，与员工、客户及合作伙伴一道"共创、共赢、共享"。四年来，先后推出了轻质化PERC叠瓦高效光伏组件、N型TOPCon双玻双面组件等新产品。在此基础上，积极布局产业链下游，推出生态光伏、城市光伏、海上光伏三大体系，柔性支架农光互补、主动调光型光伏治沙、高速边坡光伏及光储充零碳服务区、水陆两栖及海上漂浮式光伏系统、海上风光储智能微电网零碳工厂等16项解决方案。"太阳能电池片与光伏组件""清洁能源解决方案与EPC工程总包服务"双轮驱动、"全场景光伏系统整体解决方案服务商"发展战略日渐成型。

一分耕耘，一分收获。四年来的埋头苦干结出了累累硕果：获得三峡资本等多家央企和地方国企注资，成为新能源行业混合所有制改革的标杆企业；参编山东高速边坡光伏设计规范等多项地方及团体标准；月订单量曾一度冲到行业前三；随着N型TOPCon光伏组件全球首发，一道新能在全国各地的在建生产基地已经超过了10家。

刘勇先生对于一道新能的市场地位和发展空间有着清醒的认识：作为光伏行业的后起之秀，唯有持续创新才有机会弯道超车。刘勇先生始终将行业态势分析和技术路线研究作为日常工作的重中之重。在已获得或已申请的上百项专利成果中，都闪耀着刘勇先生的思想火花。知行合一，是这位专家型掌舵人的基本底色。

接下来，刘勇先生将继续带领一道新能，以"碳达峰、碳中和"为使命，以光伏为纽带，将企业与国运紧密相连，创造一流业绩，书写绿色传奇。

刘勇

五绝·工地剪影

高速边坡轻质组件自清洁效果良好、对比电量高，令前后方日夜加班抢工团队精神振奋。

昨夜泥点雨，
今晨了无痕。
日上三竿后，
喜煞晚归人。

日上三竿后，喜煞晚归人。

七律·渔舟唱晚

——记海上风光联合电场

昔日秦帝观沧海，

枭雄止步碣石山。

古人不见今时月，

舟楫为马海作田。

一字长缨束风龙，

方寸硅宝锁光源。

夕阳美景同君醉，

何不斗酒诗百篇？

刘祖明，男，博士，云南师范大学教授。

刘祖明主持完成国家级、省部级项目科技重点项目 10 多项，获省部级科技奖 4 次，光伏水泵技术方面所率领的团队建设了 200 多套光伏水泵系统，光伏组件总装机超过 10 兆瓦，多次刷新中国及世界光伏水泵系统的规模及扬程的记录，为中国光伏水泵产业化及云南等缺水地区脱贫攻坚做出了重要贡献。主持制定了 3 项国家光伏标准，在中外专业核心期刊和国际国内学术会议上发表论文 160 多篇，有 9 项发明及实用新型专利。

= 刘祖明

七言·光伏水泵

——写于丁酉年（2017年）春节

闻说鸡鸣见日升，

飞来山上幸福水。

不畏山高水又深，

光伏水泵润春蕊。

不畏山高水又深，光伏水泵润春蕊。

陆川，1981年10月生，浙江温州人，中共党员，毕业于华东政法大学，研究生学历，法学博士学位。

现任浙江正泰电器股份有限公司董事，浙江正泰新能源开发有限公司董事长、总裁，全国工商联直属商会综合党委委员。

深耕新能源产业十余年，陆川热忱推动行业发展及光伏行业组织建设。先后担任全国工商联新能源商会执行会长、中国光伏行业协会副理事长等职务，并获得"浙江省优秀企业家"等荣誉称号。

陆川

作为新能源产业探索者与开拓者，陆川推动正泰集团旗下绿色能源业务板块发展成为集晶硅制造、电站开发、户用电站、智慧运维于一体的清洁能源解决方案提供商，并致力于发展储能、售电、微电网、多能互补等综合能源领域的投资建设，全面布局城市综合能源服务项目。

陆川带领正泰绿色能源板块抢抓"双碳"机遇，开创绿色发展新格局。截至目前，正泰在全球累计光伏装机容量达16吉瓦，服务60万户用电站用户，运维服务可覆盖全国及部分海外国家。在国内，创新性地探索光伏电站建设模式；在海外，积极参与"一带一路"共建，在多个国家开展光伏电站建设与EPC服务，足迹遍布全球，成为国内民营企业实现"走出去"发展的典型代表。

七律·锦绣光伏赞

万古碳纪化源竭，
新能迫捷需尽湮。
低碳蓝图遍山海，
陡峻沙恶亦适天。
源网荷储整县进，
缆牵绿电盖九州。
锦绣光伏民共享，
利国惠民耀千秋。

低碳蓝图遍山海，陡峻沙恶亦适天。

苗连生，中国优秀民营企业家。1987年创立英利集团，1999年承接国家首个年产3兆瓦多晶硅太阳能电池及应用系统产业化工程示范项目，填补了我国不能商业化生产多晶硅太阳能电池的空白。

2007年，苗连生带领英利登陆纽约证券交易所，由于不习惯，成为纽交所200多年历史中第一位不系领带的创始人。

2011年，面对欧美"双反"，苗连生带头响应行业呼声，与国内主要光伏企业、政府相关部门联动，积极维护国家和光伏产业利益。

2012年、2013年，英利连续两年光伏组件出货量全球第一，产品和服务遍布全球100多个国家和地区。

连续赞助2010南非和2014巴西两届世界杯，苗连生坚持使用汉字塑造中国企业新形象，在世界杯赛场上打出"中国英利·光伏入户"，让汉字第一次出现在大型国际赛事中。英利成为中国首家赞助世界杯的企业，全球首家赞助世界杯的可再生能源企业。

苗连生心系国家绿色发展与可再生能源建设，多次参加国内外大型行业会议、立法会议等，第一个提出"零碳"发展概念，并积极在环保、能源、电力及循环经济等会议中建言献策，积极推动新能源产业发展。

三十六年来，苗连生带领的英利集团始终与国家同呼吸共命运，公司持续在全业态加速绿色升级步伐。主编我国首个光伏建筑领域国际标准《光伏建筑一体化（BIPV）分类标准》，自主研发、世界领先的13代光伏绿色建材BIPV产品服务于国内外数百座标志性建筑，描绘多彩城市画卷，每年为建筑减碳10余万吨。光伏绿色建筑科技为美丽中国提供有力支撑，为国家"双碳"目标早日实现贡献新力量。

沁园春·光伏

百年变局，大江奔流，开新者勇。

看能源潮荡，全球竞帆；

日出东方，神州辉雄。

国民齐力，风光正好，绿能掩映中国红。

上九霄，览晶虹片片，壮哉此景！

放眼征途漫漫，静观全球风起云涌。

天灾何所惧，逆行而上；

双碳领衔，天道亨通。

使命召唤，我辈不老，

风吹雨打任平生。

赤子心，智造新绿能，再战新程！

上九霄，览晶虹片片，壮哉此景！

瞿晓铧

瞿晓铧，1986 年获清华大学学士学位，1990 年获加拿大曼尼托巴大学固体物理学硕士学位，1995 年获多伦多大学半导体材料科学博士学位，之后作为博士后研究员在多伦多大学从事半导体光学设备和太阳能电池的研究。2019 年，瞿晓铧博士当选加拿大工程院院士。是阿特斯阳光电力集团创始人，现任阿特斯阳光电力集团董事长兼首席执行官。

2001 年，瞿晓铧博士回国创办阿特斯阳光电力集团，致力于为全世界提供绿色、清洁、平价的太阳能清洁能源，让太阳能走进千家万户。阿特斯阳光电力集团总部位于加拿大安大略省，中国区总部位于江苏省苏州市高新区，集团员工全球总人数超过 1.4 万人。2006 年，阿特斯在美国纳斯达克成功上市，是中国首家登陆美国纳斯达克的光伏一体化企业。2015 年，瞿晓铧博士领导的阿特斯以 16.56 亿元人民币收购夏普旗下太阳能业务子公司 Recurrent Energy，现已成长为全球最大的光伏和储能电站项目开发、建设运营商和整体解决方案提供商。2021 年，阿特斯全年销售额达 340 亿元人民币。连续多年获评中国对外贸易 500 强、《财富》中国 500 强、中国民营企业制造业 500 强、全球新能源 500 强等诸多荣誉。在全球知名太阳能调研机构 GTM Research 发布的《全球顶级太阳能电站开发商》报告中，阿特斯位列全球第一大晶硅太阳能电站开发商！瞿晓铧博士带领的阿特斯一直锐意引领技术创新，在原创技术方面硕果累累，成为世界光伏技术发展的风向标。公司高功率太阳能组件发电产品累计服务全球 160 多个国家和地区的 3000 多家活跃客户。这些光伏组件生产的清洁电力解决了全球 1700 多万户家庭的用电需求。在全球知名调研公司 IHS Markit 对太阳能行业客户发起的年度满意度独立调研中，阿特斯被客户评为"质量最好、性价比最高和年度购买次数最多"的组件供应商。

由于贡献突出，瞿晓铧博士先后获得"首批国家级重大人才工程引进人才""江苏省科技企业家""江苏省劳动模范""风云华商人物杰出贡献奖""全球新能源商业领袖""年度企业公民""2018 年中国十大经济年度人物新锐奖""见证·苏州卓越外企人士奖""2019 十大新能源年度人物"等诸多荣誉称号！

满江红·星空

碧落雄鹰，凭天阔，扶摇直上。
晴窗下，弄杖玩铃①，浅吟低唱。
全新征程重"走起"，半场人生再开张。
君不见，有万千壮士②，旌飞扬。

脊髓伤、再生长？神经痛、忍其狂③。
看白衣才俊，正究其详。
脑机接口马斯克，干胞支架帅爱康④。
零重力，演义星舰杯，射天狼⑤！

题记： 在康复中心结识了一位实习的同学——"阿鱼"。"阿鱼"性格开朗，喜好诗词，我们就联手填了这首满江红，以道脊髓损伤患者康复的艰辛、坚守和希望。而这希望就是，随着再生医学的突破和康复技术的进步，或许有一天，我们重新走起，跨入太空。

注释： ① 助行器和哑铃，泛指康复训练。
② 阿特斯阳光电力集团在全球五大洲有近一万四千名员工。
③ 神经病理性疼痛是脊髓损伤截瘫患者的最大困扰之一，如坠冰窟、如揣火碳、如磨搓板。
④ 马斯克搞的脑机接口为脊椎损伤截瘫患者展示了未来的"工程解决方案"的可能；干细胞、人工支架则提供了"生物技术解决方案"的希望；而减重机器人则是必不可少的康复训练设备。
⑤ 太空零重力环境中更加有利于康复。

碧落雄鹰，凭天阔，扶摇直上。

沈浩平，男，汉族，1962 年生。兰州大学物理系半导体物理专业毕业，现任 TCL 科技集团董事、高级副总裁，TCL 中环新能源科技股份有限公司副董事长、总经理，PGO 绿色能源生态合作组织会长。

沈浩平先生是我国半导体材料及光伏行业领军人物之一，享受国务院特殊津贴，曾获全国电子信息行业杰出企业家、全国劳动模范等称号。先后承担十余项国家级项目，作为项目负责人圆满完成国家科技重大专项（02 专项），主导研制出中国第一颗 8 英寸区熔硅单晶，带领公司研发生产团队推出全球首创拥有自主知识产权的 G12 大尺寸硅片。

沈浩平先生扎根一线三十多年，始终秉承"创业者心态"，坚守"工程师文化"，不断"否定现有产品、否定现有技术、否定现有自我"，带领公司先后四次获得"福布斯中国最具创新力企业""福布斯中国最具可持续发展力雇主"等相关奖项，多次获得"全国电子信息行业标杆企业""中国半导体创新产品和技术奖"等多项大奖。

沈浩平先生带领 TCL 中环始终坚持高质量、可持续发展，目前公司已经形成了半导体材料及新能源光伏"双产业链"发展格局，2022 年公司市值达 2000 亿元。公司半导体材料产业目前已成为中国大陆地区规模最大的半导体材料领域制造商，半导体区熔材料市场份额全国第一、全球前二，是全球少数具备 Total Solution 能力的半导体材料供应商；在新能源光伏材料方面公司始终保持综合实力全球 TOP1，公司已成为当前全球最大的光伏单晶硅片出货商，全球最大的高效 N 型光伏单晶硅片制造商和出货商，全球最大的高效叠瓦组件供货商，TCL 中环在沈浩平先生的引领下成为具有全球竞争力的高端现代制造企业。

七绝·逐日四十载

求针磨杵四十载，

醉舞丹炉壮吾怀。

灰鬓不思捣药事，

杖拾邓林逐梦来。

灰鬓不思捣药事，杖拾邓林逐梦来。

施正荣

施正荣，江苏扬中人，澳大利亚国家科学和工程技术院院士，上海电力大学教授，长春光学精密机械学院学士，上海光学精密机械研究所硕士，澳大利亚新南威尔士大学博士。

三十年的光伏生涯，施正荣是中国乃至世界光伏发展的标志性人物，创建了无锡尚德电力控股有限公司，构建了中国光伏生态系统。《求是》杂志将施正荣和尚德誉为战略高科技领军人物、战略科学家和光伏产业的一面旗帜。尚德被清华大学学术研究评为光伏"根公司""蒲公英企业"和关键"火花"。鉴于杰出成就，施正荣 2009 年当选澳大利亚技术科学和工程院院士，获得"中国能源功勋终身成就人物""改革开放 40 年中国企业改革奖章"。对中国工程科技方面的成就和主要贡献：发表科技论文 110 余篇，申请专利 80 多项。主持和参与国家、省和无锡市科技项目 40 项。培养研究生 35 名，各类工程技术人员 200 余名。

对中国工程科技事业的贡献：

1. 将科技产业化。领导尚德成为全球光伏领头羊，引领了中国光伏产业高技术、高质量、高标准的产业化进程，推动中国光伏集体崛起，形成中国长板产业。获得国家科技进步奖二等奖、江苏省科学技术进步奖一等奖等奖项。

2. 促进国际科技交流与合作。推动澳大利亚与中国合作建立澳洲国家重点光伏实验室；国内与新南威尔士大学、斯威本大学产学研合作，合作项目 30 多项。

3. 立足中国，放眼全球。引领中国光伏产业技术升级，出口占领国际市场。引导内外资本支持中国光伏，为中国光伏产业作出了卓越贡献！

光伏人生随笔

晨起，细雨，

心喜，欣喜！

便萌萌地进入这濛濛。

雨中漫步，一切都是湿的，

真好，一切都是轻轻的静，

唯雨敲着面孔如落午夜的小窗。

远近飘忽中，

思绪就有了入禅的古韵，

在天籁的触抚里，

一份感动渲染了雅致的梦境。

雨中漫步，

那一生坚守的光伏情怀和记忆保存的容颜，

此时都会象久违的云烟，

在眼前萦绕晃动。

想吾业自起，至今已历经年。

忆往昔，历历在目，各味尽赏，

犹如千峰云起，

骤雨一霎，更远树斜阳，

风景怎生图画？！

光伏产业只要方向对了，就不在乎路阻且长！

我於光伏而言，

就是一朵芙蕖，开过尚盈盈，

若水犹离，就用前世缱绻换今生涟漪吧。

回眸，路过的是青春，笑过的是年华。

展望，光阴正好，理想仍在。

其实，最美的并非时光不老，我们不散，

而是历经沧海桑田，岁月变迁，

我们依旧能够面对彼此绽放笑颜，

问候一句：还像当年……

正如，缘起，我与光同行；

缘又起，与光同行有我。

双碳大势，气候治理，

吾辈当老骥伏枥，不坠青云之志。

时光荏苒，白驹过隙。

浮生若梦，尘缘辗转，清浅光阴，

新辰复始，唯祝光伏产业兴旺，

祖国富强，雨顺风调。

唯愿心生温暖，四季安康。

唯心淡定从容，坦然生活；

唯执心存善念，静泊尘心。

在当下，

给予光伏人一份简单的期许，

又或是一个纯真的祈愿！

让明天安然，让未来更好！

倚窗凝望，东弥紫气，斗牛冲虚，

此国运大昌之吉兆！

吾辈当自强！

待光伏花开烂漫时，

施正荣

当携一众光伏老友，

择山中一隅，

松花酿酒，春水煎茶。

纵论一斛风雨，一纸山河。

水滴声远，山河老透，

心室升一轮皓月空明，

尽得枕石漱流，卧醒花影。

往事浓淡，色如清，已轻。

经年悲喜，静如镜，已静！

祈愿，每一个阳光灿烂的日子，

佑你，佑我，佑他。

光伏产业只要方向对了，就不在乎路阻且长！

中国光伏蓝

如果说，光伏有一种颜色，那就是光伏蓝、中国光伏蓝。

回眸，光伏产业化不觉已二十年有余，如翩翩少年，生机盎然。

中国光伏，迎风飘扬！文臣武将，济济一堂。

远眺，回国时梦想，天空中那一抹红霞，光生伏特，终于红尘中独步。

展望，万法归宗，客户是根，效益是本，勇于创新，不惧挫折，

不念过往，相信未来，方能决胜千里之外。

叹，国际政经暗潮涌动，战乱冲突，民生苟且，

刀剑喑哑，三尺青锋，寒光频闪。

甚幸，双碳大势，光伏产业，国之所重，民之所依，国运即民之运也。

吾中华布局高远，位置绝佳，优势独具。

光伏人当志存高远，相信相信的力量，开疆拓土，逐鹿全球，决胜沙场！

感，光伏二十载，道阻且长。

然，吾辈意志坚，行则必至！

舒桦，复旦大学工商管理博士，南京大学产业教授、亚洲光伏产业协会副主席，全国工商联新能源商会常务副会长、中国机电商会光伏分会副理事长。

自 2000 年 7 月起加入协鑫集团以来，舒桦先生历任太仓保利协鑫热电有限公司总经理、协鑫电力能源控股有限公司副总裁、保利协鑫能源控股有限公司执行董事及执行总裁、协鑫（集团）控股有限公司副董事长、协鑫集成科技股份有限公司董事长兼总经理，现任协鑫（集团）控股有限公司副董事长、协鑫集成科技股份有限公司副董事长兼总经理。

舒桦先生拥有 20 多年的清洁能源行业管理经验，先后荣获"光伏行业领军人才""光伏行业领袖"等多项荣誉称号。

＝

舒

桦

一个光伏创业者的独白

在寂静的夜里
一个光伏创业者
面对新的机遇与挑战
无心入眠
用笔写下内心的独白：

一个怎样的灵魂
历经磨练
仍坚守这份事业
蹒跚前进
仍用尽全力
让绿色能源照进人间

回首峥嵘岁月

双鬓斑白

志向不减

心怀双碳国家战略

卷起一阵阵畅想

是对未来的期许

与理想契合

这些年

在无数次煎熬中度过

坚守的信念

总让阴霾消散

迎接美好未来

用一生

为后人

打造一个清洁能源的世界

蹒跚前进 / 仍用尽全力 / 让绿色能源照进人间

启　航

合肥
一座美丽的中部崛起之城
协鑫
新工厂选择在这里播种、生根
哪怕春雨浇灌的前路充满泥泞
也挡不住我们
把绿色能源带进生活的愿景

争先、领先
创业、创新
协鑫精神在这里传承
流动组件，律动身影
担当使命，守护初心
我们要做中国企业的带头人

以"科技、数字、绿色"的事业理念
面对"碳达峰"的目标、沐风栉雨
面对"碳中和"的愿景、砥砺奋进
拼力奔跑，满怀信心
在新世纪新征程
去建立属于我们这一代人的
新的伟大功勋

陶龙忠，江苏润阳新能源科技股份有限公司创始人，董事长。陶龙忠博士毕业于中山大学太阳能系统研究所，师从原中国可再生能源学会光伏专委会副主任、中山大学太阳能系统研究所所长沈辉教授。读博期间，在德国 Fraunhofer-ISE 研究所开展研究。

陶龙忠博士是国家科技创新创业领军人才、江苏省"双创人才"，江苏省劳动模范。

陶龙忠率领的润阳光伏团队以"低调、实干、感恩、真诚"为企业发展核心文化，深耕光伏科技，勇攀行业高峰，润阳光伏先后被评为"国家高新技术企业""国家专精特新小巨人企业""江苏省绿色工厂""江苏省智能制造工厂""江苏省科技小巨人企业"等称号。

陶龙忠

七绝·自题润阳光伏

炎黄贵胄龙之裔，

从来不负东君意。

借得遥天光一束，

谱成禹甸万行诗。

炎黄贵胄龙之裔，从来不负东君意。

五绝·自题润阳光伏

日出山河壮，
花开陌上香。
科技耀乾坤，
光伏泽润阳。

王柏兴，男，江苏常熟人，上海交通大学 EMBA，高级工程师，中利集团创始人、党委书记、董事长，江苏省第十三届人大代表、中国光伏扶贫工作组副组长、亚洲光伏产业协会执行委员会主席、中国光伏行业协会常务理事。曾先后荣获中国乡镇企业家、全国优秀企业家、中国能源产业扶贫卓越贡献人物、江苏省劳动模范、江苏省"十大诚信标兵"、苏商自主创新大奖、江苏省扶贫济困奖等。

1988 年，王柏兴自筹 5000 元人民币创建中利集团，2009 年在国内 A股成功上市。2010 年，王柏兴带领中利集团进驻新能源光伏产业，以 45.6 亿元注册资本成立苏州腾晖光伏技术有限公司。经过三十多年的创新发展，中利集团发展成为绿色能源、特种电缆等龙头企业。2016 年创新推出"智能光伏 + 现代农业"项目填补全球空白，被国务院扶贫办认定为"贫困村光伏农场"，帮助全国 40 多个国家级贫困县建设了"贫困村光伏农场"扶贫项目，累计为贫困县脱贫了 75 万户贫困家庭。

在中利集团发展壮大的同时，王柏兴始终不忘初心，坚信只有党的改革开放好政策，才有民营企业的发展。正是秉持着这一初心，王柏兴热心公益事业，公司及他本人帮助贫困地区建学校、幼儿园、养老院，为贫困学生、灾区捐款，光伏扶贫等无私奉献超过 20 亿元，为我国贫困地区发展和国家扶贫事业做出了巨大贡献。

王柏兴

七言·太阳光伏腾晖颂

我赞太阳功盖世，
能源始祖惠家乡。
衔来七彩光千丈，
涌出万金天一方。

我沐太阳心激荡，
探寻无限两相忘。
追求低碳路何在？
梦想硅晶苦尽尝。

日色腾晖灿星斗，
霞光返照历沧桑。
孜孜求解敢先试，
念念有心终渐扬。

大漠孤烟曾寂寞，
长河落日不彷徨。
硅晶砥柱重重炼，
光伏领航处处装。

我爱太阳光万丈，
群山普照百花香。
东升旭日行天地，
大爱无疆唯太阳。

我爱太阳光万丈，群山普照百花香。

王历，男，出生于 1958 年 7 月 31 号，籍贯山东，本科学历，机械设备制造与工艺专业毕业。

1977 年 9 月～1990 年 2 月，历经工人、工程师、车间主任，从事进出口贸易等工作。1990 年 3 月～1992 年 5 月，在深圳市大明太阳能电池有限公司从事市场营销工作。1992 年 5 月～1997 年 2 月，在西门子太阳能中国办事处从事市场营销工作。1997 年 2 月至今，创办深圳市日恒利实业有限公司，是公司法人兼总经理。

30 多年光伏经历，有如下收获：

一、见证了太阳能光伏的发展

1. 市场的发展：从西宁太阳能一条街到珠三角、长三角，到全国；从偏远山区无电地区，发展到城市；从离网到并网，成为今天不可或缺的新能源。

2. 技术的发展：从 $\Phi75$，到 103、125、145、155、180、210……不断突破走向世界，太阳能电池组件价格从 1990 年的约 50 元/W 到今天 1.8 元/W……事实证明科技是第一生产力。

3. 装备的发展：从引进吸收到今天国产化并走出国门，见证中国技术日新月异奔腾向前！无论是集中式大型电站，还是分布式，以及水上光伏、可穿戴式发电……太阳能光伏在各领域的发展不胜枚举！

二、本人侧重领域

1. 通信电源：太阳能光伏发电系统在通信电源领域的应用（离网系统）。

2. 技术探索："太阳能电源系统"（指太阳能电池组件、蓄电池、控制器）在高海拔（高于 5000 米）、超低温（低于 $-40℃$）、超高温（高于 $+50℃$）等环境下如何正常运行取得了宝贵经验，带领日恒利技术团队先后获得 12 项实用新型专利。

王历

PV ∝ 世界

蓝蓝的天空，

绿绿的树林，

鲜艳玫瑰花。

情不自禁想到：

多么美妙世界！

中国光伏，

中国制造，

中国创造。

让我看到：

中国光伏诺亚方舟，

正在远航！

作为三十多年来的光伏人，

目睹了光伏的迅猛发展；

领略了光伏的潮起潮落。

我要说一声：

中国光伏，

您好！

我为您骄傲，

我为您自豪。

为了人类，

为了世界，

为了明天，

为了你我更加美好的家园，

碳达峰，

碳中和，

时代的要求，

历史的选择。

人类命运共同体重任，

再一次落在光伏人肩上！

天地转，

光阴迫，

只争朝夕！

让我们一起撰写波澜动人故事，

共同谱写沁人肺腑的旋律，

共同歌唱：

更加美好的世界！

目睹了光伏的迅猛发展；领略了光伏的潮起潮落。

2008 年 3 月，我正直在苏州新区创业园的一间 30 多平米的化学实验室里，与朋友宇野敬一博士一起搞电子材料的研发，准备创业。在一次创业园的交流会上偶遇阿特斯瞿晓铧博士，他告诉了我有背板这东西亟待国产化。坦率地说，连"光伏"这个名词，我也是这一次与瞿博士的偶遇中才听说的，后经市场调研之后才发现这是一个方兴未艾的大天地，于是接下了瞿博士的领，开始了 KPK 背板的研发，花了三个月的时间研发出了胶黏剂（国内首家），再花了两个月，把工艺和设备的设计也搞定了。之所以这么快，是基于我创业之前，曾在日本的一家世界创新 100 强的著名高分子企业长年工作，在多岗位多层级上积累的经验。也正是我是个职业经理人出身的人，自己没啥钱，于是我写了 30 多页的 BP，吸收到了当初国内最著名的风投——联想投资（后改名为君联资本）的投资，于是在 2008 年 11 月创立了赛伍公司，开始了 KPK 的量产，实现了 KPK 的首家国产化，阿特斯也成为了赛伍的第一年客户。因此，是瞿博士把我带进了光伏的大天地。

也许是与长年在用创新作为驱动力的世界一流企业工作时学到的信念和创新方法有关，也许跟从小在母亲的熏陶下一直喜欢标新立异和追求形式逻辑有关，也许与父亲的诚实对事、不投机取巧的教导有关，也许还跟本科学系统论和控制论，在日本攻读技术哲学博士课程，后退学转学商学硕士有关，在搞定了"进口替代"的 KPK 之后，不甘模仿，通过探究事物的本质和自我创造，转向了技术和产品的世界原创。在研究需求和技术开发相结合的基础上，接连开发成功了能阻隔紫外线和耐高温的白色 E 膜（KPE 背板）、氟皮膜（KPf 背板）、绿色环保的 PPf 背板、背板修复胶带、双玻组件封边阻水胶带。也首次开发并量产成功了交联型 POE 胶膜、紫外波长转换膜膜。不断地通过创新，为全球的光伏行业提供了新的价值。

我当初在日本公司也爬到了部长职位，作为职业经理人，算不上金领，也够得上养尊处优了。回国创业的动机，就是想实践一下，在中国是否能够解决在同一个技术平台上、在多元的应用领域都靠创新实现企业的内生式的持续成长。经营赛伍公司也是对我的这个假设命题的探究过程，也是我对自己在大三时确定的人生规划的实践。近年来，我带领赛伍公司开辟了电动汽车、消费电子和半导体的应用领域，还建立了专用实验室，开始了医用材料的自主研发。与光伏应用同样，赛伍至今有 5 项世界原创材料进入了动力锂电池领域，成为头部企业的供应商，并开启了世界标准。我们独有的化学技术，创造了崭新的既绝缘又散热还超薄的电路板，使得中国的空调 IGBT 半导体模块的关键材料摆脱了国外卡脖子。我们的接近焊接强度的胶带、粘性可控胶带、皮肤快速愈合的胶黏剂等一系列创新技术和产品，正在不断提供给各行各业，为中国和世界不断创造新的价值。

吴小平

自 题

求学取经中外，

立业报效九州。

智慧汇聚四海，

协创伸遍五湖。

兴产造福人类，

创新成就客户。

借问汝领何域？

高铁电车光伏！

借问汝领何域？高铁电车光伏！

徐
进
明

徐进明，河北衡水人。

1982年毕业于华东工程学院（现南京理工大学）工程光学专业。

1982年至1990年，任兵器工业部三七八厂工程师。

1991年至2001年，任武汉纺织工学院教师。

2001年至今任武汉日新科技股份有限公司董事长、总经理。

2009年至今任湖北省光伏工程技术研究中心管委会主任。

二十多年来一直专注于光电建筑一体化应用实践，在西部无电地区供电、国家"金太阳工程"光伏项目与光电建筑技术发展方面做出了不懈努力，完成我国多个标志性大型光电建筑项目。

七绝·光伏人赞

寂寞草原夜色沉，
喧闹城邑昼雾蒙。
贫困碳排谁能解，
羲和称赞光伏人。

徐进明

贫困碳排谁能解，羲和称赞光伏人。

　　许显昌，广东翁源籍人士，1944 年 7 月生。1961 年入伍广州空军。1975 年转业，加入广州合成材料研究院。1985 年调入广州石化总厂。2000年 7 月，创办广州市儒兴科技股份有限公司。

　　2008 年起，儒兴生产的晶硅太阳电池铝浆，持续多年全球市占率第一。

（图为许显昌及家人在儒兴科技 20 周年庆典合影）

许显昌

水调歌头·光明篇

诬辩几时消？光伏逐浪高。

若是当初耽误，地动更山摇。

幸有仁政普照，又怕左支右绌，

临阵再抛锚。

咬定此青山，誓将欧美超。

聚人气，争朝夕，不服老。

何事计较，非要锱铢一担挑？

天有阴晴不定，人有家长里短，

当抛则应抛。

让却三分利，乐得尽逍遥。

聚人气，争朝夕，不服老。

三

许
珊

　　许珊，中山大学管理学硕士，现任广州市儒兴科技股份有限公司董事长、总裁。兼任中山大学岭南学院广州校友会会长、广州市税务局资政员、广州市产业领军人才及科技金融评审专家、广东高科技产业商会副会长、全国工商联新能源商会常务理事、广东省工商联第十三届常委、广州市司法局人民监督员、广东民营企业家智库成员等社会职务。

　　曾任广东省第十三届人大代表，广州市第十四、十五届人大代表，广东省第十届青联委员，广东省第十一届妇女代表，广东省工商联第十一届执委、第十二届常委。

七绝·创业篇

岁月不居儒道兴，
拨开云雾显昌明。
天光霁月有时尽，
崛起神州待后人。

岁月不居儒道兴，拨开云雾显昌明。

五律·能源篇

大国何蹉跎？

能源兴未了。

光伏尚襁褓，

风电困孤岛。

科技待擢升，

英才不可少。

翘首一纸令，

轻松去烦恼。

张
凤
鸣

张凤鸣，四川成都人，物理学博士，南京大学教授，中组部"国家千人计划"特聘专家，国际电工委员会光伏能源系统中国专家组成员，创建了日托光伏。

曾先后学习和工作于山东大学、中国科学院、四川大学、澳大利亚纽卡斯尔大学、澳大利亚新南威尔士大学、南京大学等，长期从事凝聚态物理基础研究、光伏太阳能领域研究开发、光伏行业大规模产业化和制造管理等方面的工作。

2005年入选"教育部新世纪人才计划"，2008年被南京市人民政府授予"留学归国创新创业十大领军人才"荣誉称号，2010年获澳中校友"杰出研究与创新奖"，2011年入选"海外高层次人才引进计划"特聘专家，2012年获中国兵器装备集团公司"杰出科技创新人才"奖，2018年入选江苏省科技企业家，2020年带领团队入选无锡市"太湖人才创业领军人才团队"。

七律·光伏

初怀梦想光生电，
万户千家路远遥。
创业拼搏争日月，
图强奋斗破规条。
天南海北呈图展，
万象更新作地标。
喜待他年零碳日，
千红万紫以她骄。

喜待他年零碳日，千红万紫以她骄。

五绝·日托

鸿心铲弊源，
矢誓寻新技。
依天得宝剑，
彼此背联极。

朱共山，协鑫集团有限公司创始人、董事长，第十二届全国政协委员，第十二届江苏省政协常委，全球绿色能源理事会主席、亚洲光伏产业协会主席、中国企业联合会企业绿色低碳发展推进委员会副主任、中国电力企业联合会储能与电动汽车分会执行副会长。朱共山先生同时兼任国际商会中国国家委员会环境与能源委员会执行主席、中国侨商联合会副会长、中国富强基金会副主席、中国产业海外发展和规划协会副会长、江苏旅港同乡联合会名誉会长、香港江苏社团总会常务副会长、苏州市工商联荣誉主席、SNEC 氢能产业联盟理事会主席等职务。获得"改革开放 40 年中国企业改革奖章""改革开放四十年能源变革风云人物""改革开放 40 年能源领袖企业家""新中国 70 周年新能源产业十大杰出贡献人物"等荣誉。

朱共山于 1990 年创办的协鑫集团，是一家风光储氢、源网荷储一体化，多种新能源、清洁能源与移动能源产业新生态并存，硅材料、锂材料、碳材料、集成电路核心材料等关联产业协同发展，以领先的绿色低碳科技主导创新发展的绿色能源科技企业。32 年来，协鑫集团坚持听党话、跟党走，坚持科技引领、数字赋能、绿色发展，并在"碳达峰、碳中和"目标背景下打造全新的"科技协鑫""数字协鑫""绿色协鑫"。集团连续多年均位居全球新能源 500 强、中国企业 500 强行业前两位，旗下控股多家上市公司，近 4 万名员工，资产总额超 2000 亿元，年营收连续多年超千亿元，已发展成为全球新能源行业的一面旗帜，是率先积极践行"双碳"目标的绿色先锋企业。

朱
共
山

绿色使命　协鑫担当

世界东方

中国太仓

郑和曾在那七下西洋

华夏儿女开始大规模远航

公元 1996 年

协鑫人自魔都挥师北上

背倚太仓港

摆下 270 万千瓦环保火电大战场

改革开放

社会资本建电厂由此滥觞

力破华东电荒

奏响"把绿色能源带进生活"序章

蓝天白云间

苏州工业园令人神往

功在两座天然气发电厂

或许您不知道

2002 年

协鑫人开辟的绿色能源第二战场

换来园区没有烟囱能源小作坊

高热值

无污染

神州大地任飞扬

广东、南京、无锡、昆山

200 多万千瓦燃机先后亮相

为当地生态文明巧扮妆

赤橙蓝紫青绿黄

一粒硅砂映太阳

2006 年

协鑫初入光伏行

古彭大地

不知道他们来自何方

记不清他们穿啥衣裳

没有豪言壮语

只有穿梭奔忙

数月辰光

光伏圈别来无恙

石破天惊

GCL 法把神奇传唱

吸引了全球业界目光，

中国光伏"两头在外"告别窘况

产业话语权转为协鑫主张

人类光伏发电成本陡降

八载辉煌

惟一光伏全产业链协鑫担纲

从东北到西藏

从南非到美国俄勒冈

超过 7 吉瓦电站源源上网

浅尝辄止

从来不是协鑫人的风尚

颗粒硅、钙钛矿……

前沿科技在领航

无问西东

不畏艰难直前勇往

不忘初心

辛勤播种绿色希望

永不言弃

将浓情刻进蓝天的诗行

能源变革漫漫征途上

协鑫永远铿锵

不畏艰难直前勇往 / 不忘初心 / 辛勤播种绿色希望

周蓉蓉，浙江温州人，本书插画作者，毕业于西南大学美术学专业，获硕士学位，现为自由艺术工作者，从事中国画创作研究。美术作品曾多次获奖，《花篮图》获"全国美育奖"二等奖，《再读青绿》入选"第六届安徽省美术作品大展综合材料展"，《萦纤》入选"第五届重庆市美术作品展"，《丛林疆界》入选"重庆市首届工笔画展"等。

＝

周蓉蓉

后　记

一

　　当今世界，风云变幻，日异月殊。君不见强弱易位、沧海桑田？君不见能源更替、革命空前？君不见聚讼纷纭、争为人先？此乃百年未有之大变局也！

　　话说岭南穗城有一慧翁，崇阳媚光。前研光电之道，后著颂阳文章。呕心沥血、丹心尽瘁。先著《心中的太阳》而后作《太阳赞歌》，余兴未尽，于辛丑年末振臂一呼：使光伏企业执牛耳者，泼墨挥毫，吟诗作词，以讴歌光伏、赞颂太阳！并信手一指：尔等编辑也。余深感资质愚笨、才疏学浅，况专修理工、弱于文笔，诗词未通矣！惶惶然想一推了之。然几番推脱未果，顿觉大师之命难违，光伏使命使然！所谓光伏之人"吾不入地狱谁入地狱？"重托在肩，岂能逃脱？唯倾心倾力、殚精竭虑，鞠躬尽瘁、死而后已！此乃：

摘句寻文雕字虫，

骄阳普照曜长空。

年年但见赞歌起，

处处诗词颂春风！

二

在诚惶诚恐之中接受了《太阳赞歌：光伏开拓者的境界》的编辑任务，经与沈辉老师、瞿晓铧博士、张凤鸣博士等协商之后，于2022年1月16日"广撒英雄帖"，向光伏界知名企业创立者、掌舵者发出邀请。在此之后，经多次沟通、说服、催促，陆陆续续有24位光伏企业领头人创作或整理提交了34篇作品，篇篇精彩，字字珠玑。根据作品和作者经历、背景等，与画家沟通，协同创作了24幅插图，这些插图幅幅隽永，意味深长。

有人看了这些作者名录发出了由衷的感叹："天啦，这么多上市公司、著名公司的掌门，这么多理工科博士、硕士，这么多亿万富翁，这诗集岂不是太金贵了？"是啊，这本诗歌集真的是一本难得的珍贵精品！作为一个"光伏老人"，我参与、见证了中国光伏产业的由小到大、由弱到强！我与大部分的诗词作者相知、相识多年。读着他们的作品，我心潮澎湃、热血沸腾，那跌宕坎坷、激情燃烧的岁月跃然眼前。那不是一篇篇作品，而是一幅幅峥嵘岁月的真实写照。早期的光伏"三头在外"（原料在外、设备在外、市场在外），正是这些开拓者卧薪尝胆、励志图强，带领光伏大军历经磨难、抗风斗浪，使得如今中国光伏行业雄踞世界之巅，创造出"三项世界第一"（光伏产品产能、产量世界第一，新增装机数量世界第一，光伏发电量世界第一）的神话。

还有些人表示了怀疑："这些理工男搞搞技术可以，搞搞管理凑合，写诗词能行吗？莫非是找人代笔、花钱出名？"正是"不识庐山真面目，只缘身在此山中"。这些光伏企业的开创者早就功成名就，不需要在这里用这种方式鸿爪雪泥！若想花钱扬名立万，完全可以著书立说、长篇大论，用自己擅长、外人赞扬的方式岂不更好？为什么用不擅长的方式来颂扬太阳？因为这些光伏之人"富贵不淫，贫贱不移，威武不屈"。无论创始初期历尽艰难，还是事业有成后的"更上一层楼"，这些光伏人始终面朝太阳、胸怀理想，在科研方面日新月异，在生产方面精益求精，在市场推广方面不断发扬光大。正是凭着对太阳的崇敬、对光伏的热爱，他们才加入到咱光伏人用诗词的方式为太阳、为光伏唱赞歌的活动中来。

半年多时间稍纵即逝，这些作者在日理万机的繁忙事务后，废寝忘食，用碎片时间完成自己的作品。半年多时间，我们有许多的交流，我能感受到多数人还在"现学现卖"，逐字推敲。大家那咬文嚼字的认真劲头，不亚于为提高四位数之后计算的转换效率、降低四位数之后计算的制造成本！正是凭着对太阳的真诚、对光伏的热爱，这些光伏人敞开心怀，用自己的心声讴歌太阳、赞颂光伏。尽管从文学角度出发这些作品难以扛鼎，尽管有许多的作品格律不那么规范、平仄不那么准确、对仗不那么讲究、声律不那么明显，尽管有的还是拿来当年的即兴之作，但用心写出来的赞歌一样可以打动读者，一样能引起读者的共鸣！所以，我决定不去苛求作者的"规范"，尽可能地用原汁原味的作品来讴歌太阳、赞颂光伏、唱响时代的最强音！

因此，我除了为这本诗集专门创作了一首作品外，又特意搜出以前去往两个初创公司参加活动时的即兴旧作，以这原汁原味的习作见证一下光伏创新、变革阶段的新发展，讴歌顺势而为的中国光伏产业！

"书罢扔笔扬长去，我辈岂是蓬蒿人"，明天的太阳一定属于勇于创新、积极进取的人们！！

李时俊

完稿于 2022 年 7 月 21 日

坐花载月

孙耀平，号三梅斋主，字独眼。武汉水利电力大学电
力工程系电力系统自动化专业毕业；江苏张家港人，
客居京城，长期从事各类型电站开发建设，精施工管
理，善做区域能源规划。浸染传统文化，醉心书道、
篆刻和摄影，作品多有发表，被圈内收藏。

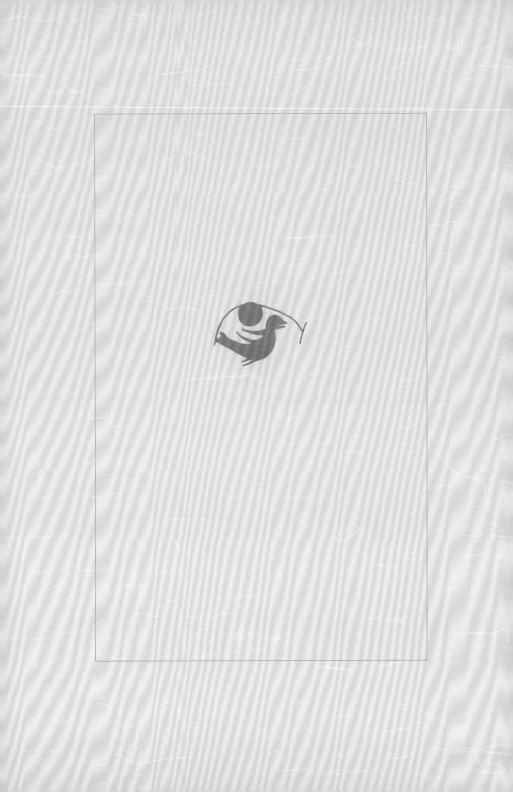

图书在版编目（CIP）数据

太阳赞歌：光伏开拓者的境界 / 李时俊，瞿晓铧编著；周蓉蓉插画 . — 北京：九州出版社，2023.1

ISBN 978-7-5225-1525-0

Ⅰ . ①太… Ⅱ . ①李… ②瞿… ③周… Ⅲ . ①诗集－中国－当代 Ⅳ . ① I227

中国版本图书馆 CIP 数据核字（2023）第 005265 号

太阳赞歌：光伏开拓者的境界

作 者	李时俊 瞿晓铧 编著 周蓉蓉 插画
责任编辑	张万兴 张里夫
出版发行	九州出版社
地 址	北京市西城区阜外大街甲 35 号（100037）
发行电话	（010）68992190/3/5/6
网 址	www.jiuzhoupress.com
印 刷	鑫艺佳利（天津）印刷有限公司
开 本	880 毫米 ×1230 毫米 1/32 开
印 张	4
字 数	20 千字 图数 48 幅
版 次	2023 年 1 月第 1 版
印 次	2023 年 1 月第 1 次印刷
书 号	ISBN 978-7-5225-1525-0
定 价	118.00 元

歌颂太阳与光伏

太阳赞歌

张万兴书